SHOU ZHUO

守拙

苑 著

国文出版社
· 北京 ·

图书在版编目（CIP）数据

守拙 / 苑著 . -- 北京 ：国文出版社，2025.
ISBN 978-7-5125-1780-6

Ⅰ . I227

中国国家版本馆 CIP 数据核字第 2024S36G54 号

守拙

作　　者	苑
策　　划	潘　萌　唐朝晖
责任编辑	苗　雨
装帧设计	梁国枫　唐　玄
责任校对	李　煊
出版发行	国文出版社
经　　销	全国新华书店
印　　刷	三河市龙大印装有限公司
开　　本	880 毫米 ×1230 毫米　　　32 开
	3.5 印张　　　　　　　　59 千字
版　　次	2025 年 6 月第 1 版
	2025 年 6 月第 1 次印刷
书　　号	ISBN 978-7-5125-1780-6
定　　价	39.80 元

国文出版社
北京市朝阳区东土城路乙 9 号　　邮编：100013
总编室： (010) 64270995　　传真： (010) 64270995
销售热线： (010) 64271187
传真： (010) 64271187-800
E-mail：icpc@95777.sina.net

目 录 ①

第一辑

---

① 按创作时间排序。

第二辑

第三辑

第一辑

幼

一生所爱一人，我怎么敢忘
远望都恐慌，衣襟沾染星光

予你

那晚你闪烁的眼不像星

却婉转诱人似一股股流水

十七岁的少年

你十七岁的眼从哪儿听来了古老传说

黑夜放逐了凉风和细雨

你是太阳神，救赎了一颗沉寂的心

思念

夜幕无边
一场思念，点嵌一颗星
世人尽在思念
那挂在天边的，是一轮婵娟
乌云遮蔽了，心雨也绵绵
多些思念
今晚，该有一轮洁白的月圆

秋急

疾风扯病柳，重云抑微星。
恶浪击薄桨，孤舟破寒行。

湖畔丁香

云蒸霞蔚作了你廿五时的薄衫

古老的繁杂一道回忆就真实得跟假的一样

从前的沃土生养了从前的软叶

从前的软叶早已透烂了从前的土壤

多么内疚的你的嗓音使我更内疚啊

选择的包容是对的错的好的坏的是你的所有

默默接纳默默消受吧再大怅怨我决意不喧哗

喜于斯怒于斯哀于斯悲于斯

淳善的本质今日再知终是太迟

荣于斯怯于斯爱于斯悟于斯

夜去留我大梦渐晰难得今日

卑懦如初叫我无法欺瞒啊

不及只身冢下我便知这早已一生

旧

穿一件旧衣去秋阳下赴约
赴的不是旧人，旧人全已散去
花一生，叶一生，烂泥也一生
乘风，追逐，顽固与低头
心中有数
众等^①的黑色青春，尽情大言不惭
躲吗？大可谈笑风生了

---

① 众等：各色人等。

梦

华灯初上，还是这条路
盛夏披着余晖，深秋已浮寒
那时的我们是怎地^①踏上这条路的
命运的伏笔，照旧讨你喜欢吗
再也别走这条路了，你把我的梦都揉碎了

---

① 怎地：怎么地。

情愿

在这样那样，一些心碎的时间
所谓全力以赴，是自我杜撰的一厢情愿
世界太小，你我就在山前山后
好在这山够大，足够让世人丢失最真挚的那一份
在这样的夜晚，想听一首悲伤的歌

默

我想说些什么，话都涌到了喉咙

挨到最后，一个字也吐不出

我回顾了许多，事实上，我一直这样做

日子一天一天过，呆若木鸡是件好事

感慨万千的意义是什么？闭上你那剑指薄云的嘴，

还有旁边那唯唯诺诺的一张

万语千言，不如无言

把苦都刨到一起，埋进去

别笑了，我没想过它能长出点什么

埋下它，就此别过

沉默，我们走吧

苦

矫情，悲哀，与怯懦
这所有的收起来装进口袋
我把口袋埋进心里
可我的心不是土地
沉寂的水波无关春的气息
苦也还是苦，没能酿成酒

意难平

我想给你一枪，叫你活着也残喘
我没动，是枪支走了火
那颤抖的，不是我
你厚实的身躯，该是不乐意
针扎缎，笔刺纸，谁人过问
崇敬的月，善用余晖拂我眼
已逝的月，浮世万千里，唯一的圆
绝望，消失，一度死，重获的，不似从前
为此是伟大永恒
感念天上明，身体力行

恍惚

夏季凉风吹进身体里
是在这样的天气重逢你
能否再带我回到那时的黄昏
一次就好，我想念你的温柔

忆

这条路我走了千万遍
等我老了，我还可以走到底
这里的天气很晴，从不见雨
从不见雨，我的脚印从不懂偏移
引领它的人换了一批又一批
好多人都像你，无情地游戏
终究比不得你，哪有你，那么你

痴

秋天的风，冬天的雪

都是从往年飘来的

昨日的嬉笑，盈盈一握间飘散

用无情掩饰深情的人，旁人未必能与之匹敌

失去，都是后知后觉

今日的日出很美

若你也在

对棋人

夜色静谧

四月天回荡在跟前

昏昏暗暗，忽明忽闪

走廊上片片鹅黄不是我

窗外夜已深沉又能像你什么

我贪念孩童的面容 ①

白还白着廉价的珍贵

黑已包容了万色归一的尚可 ②

四方无雨，其乐融融

步步随意

心都融化了，还能紧张什么

我看过的风景不多

如花如画不是我的梦

一方棋盘就寄养了星光闪闪

周旋于起起落落

---

① 孩童的面容：指代纯真。

② 尚可：差强人意。

人间盛行交易

我将一生束缚交予你

只换取没有尽头的一盘棋

走廊的晚霞

每一次温厚的风暖在脸上
都是从记忆深处，不请自来
夹杂着桂花香，晚霞漂粉浮红
七年遥遥

在转角涂抹的那句歌词
枕下潺潺的名字
换了新主人

当时我想
我再也看不到那样的晚霞了

爱人

你是空气，是月明
是温厚的和风暖在脸上
是不经意的香偏往心里钻

当你终于向我走近，越发渺小
顶天立地都只是神话一代代传承
你在我怀里，只有婴孩的安宁

温柔

给出时限，便有唯一
一天一年，谁没本领
所谓少女，愚笨
岁月很温柔，还能把温柔分给你
终于悟得种种，年份下埋了勇气

无解

那年的落花，怎么还能飘到我手上

我忘了，如今的花，就冒个芽

还是当年的花有滋味

面具戴得好，严丝不漏

漏一点，也是风情

推推搡搡，眉目含情

怎么每次都这样

没一次圆满

非得，让我看清什么是真

或是，这个字本就不长

坦荡

把夜都熬亮了
耗不起眼里的光
天真，全然不知
天真得漂亮
哭笑都使着力气
坦荡，毫不掩盖
白水也坦荡，一眼看到底
就是这点坦荡，让人觉得乏味无比

走廊的晚霞 2

高一的记忆反复在夏日的走廊
不知怎地作出，那么绚烂，又柔和的霞光
那时坐在教室，秋波深陷余晖
想着，再遇不到第二个晚霞了
再遇不到第二个晚霞
是再没有第二个青春了

时间

贪恋纯真，以为还是小孩
蹦蹦跳跳，不合时宜
时间想带走我，不知疲惫
我也偶尔回头看
时间的沟壑，已经很深了

缄默

想说的越多，越是沉默
昨日的雪，昨日的嬉笑从昨天飘来
现已是今日

热爱

我偷不走那天的晚霞
也只是看了个晚霞
就好几年都过了
当时的模样，从父亲口中想起
热血，冰封在了最后一张考卷
我还以为我爱世间万物
只有设身处地想起你
我才知道我不爱你

少女

那时很喜欢看天
除了看天，也看不到什么了
十六七八的少女
悸动了晚自习课间的走廊
熙熙攘攘的热气，在叽叽喳喳里腾起
校服千篇一律
回头时，眸底波光粼粼
心，可以沉到最底最底

我能看到的天空
阴沉皆是为了我
爱过了，就不算爱了
蓬松的
只有那时的种种

远在咫尺

你问我，打雷了，怕吗
打雷时我在想你的膝盖会不会疼
我都忘了我会怕，我怎么会怕

洗澡时我在为你写诗
吃饭时我在想你吃没吃
我在行走，我在想你
我在躺卧，我在想你
我的热爱太滚烫，会灼伤你
灼伤你，我心上的大坑怎么办
小心翼翼把滚烫的单枪直入的爱放进冰箱里
冰箱坏了

柔软

怎么可以那么柔软
你是一滩软软的水
还是只会咩咩的小羊

什么都是过眼的云
什么都是拂耳的风
看着我表演，等着我转悠悠回来道歉
尽收眼底，岿然不动

原来你是海
我是你的小小的鱼

甘之如饴

眼泪掉下来的时候
怎么没伞撑着
骨碌碌地滚下来
眼眶都红了
鼻头委屈成草莓

最天真是对你翘首以盼
八岁的孩子踩在阳台上
软软的头发在风里荡成棉花糖
你还没来，你快来了
穿过指尖的风好甜

最真挚是偷窥你侧脸时
柔情至极不止被写在书里
也每每发生在当我遇见你
轻轻一点，粉色泡泡满天坠下来了
你的脸太好看
我只晓得捂脸转圈圈

别再摇下车窗说抓到我啦

目送你的我，才不要偷偷跑出去玩

你的小小的脑袋，太可爱

你抓到我啦，是吗

你好甜

以进为退

就在昨天

我还在那条长长的走廊上，埋头想着

还在那个洒满阳光的篮球场上踱步着

就只一天，就过了四年

六点的闹钟指引我的

再也不是食堂的廉价早餐，办公室的饮用水

我本以为我从未走出过自己建造的围墙

但我瞧着八点的朝阳也懒散时

我才知道，我离那个小女孩已经很远了

逝

总爱看车流
从远方流过眼前，再流往更远的远方
时刻提醒自己，生命是流动的
无须太悲伤

后来遇到了你，你带我融入车流
我站在高处眺望过的长路
也加入了自己的身影
好多个夜晚，指着我家的光亮，向你分享

后来失去了你，我又回到了高处
再不看车流了
只想寻着哪个是你
去寻得某一刻，我们尚能呼吸同样的空气

心花

你以为，花开的时候没有声音吗
我的一整个春天都为你绽放了
原来死水里，也有藏匿的小精灵
偶尔蹦出一两只慰问我的生命
却在嗅到你时，一群一群地扑向了你
我从来都不知道，怎么让你明白我的心意
献上一年四季，难免浅薄
那就想着把一生的春天都给你
蜂蜜的甜，小花的摇曳
每一个有期待的早晨，每顿收藏好一整天的晚餐
可以牵手的，这里那里

独角戏

离开你以后
我被架空在人群中
空气中只有一种味道
是你
你带走了我的灵魂
只给我留了一点气息
拖着身体，饮食，入睡

这个冬天的风
吹在皮肤上的是圆的
砸在心里的是尖的
趁着夜色渐浓，肆无忌惮地想你
只为梦里能靠近你
这事我从未抛之脑后
只是白日我悄声一些

高三的风

这一年四季都氤氲着的风
哪一缕，不是你捎给我的
初夏，像未曾拥有神乎乎的初恋
热腾腾的气，扑在脸上，猖狂的回忆
猛然把我踢回那年
那年，只是初夏留给我的幻灯片
好虚伪，又让我可怜

献给高三

你还是总来我梦里

交杂着这几年的记忆

梦都有个醒，每次，都给初阳留了蜜

一直都晓得，我在乎，就只在乎你

恍恍惚惚，每周都偶遇

眉梢何曾卸过锁

梦里我是观望者，还是当时那个我

绷得好紧，没人透露，百日是否已誓师

左上角的目标，又改了几次

终于舍得喝一盒牛奶

用的是午饭上节约出来的几笔

我一直都在乎你，再怎么在乎

你也不晓得回回头

留给我，一生被困的梦境

写给自己

我还是好想念你

顶着一颗沉重的脑袋

敲着想念你

我记得你也给我写过信

直到毕业那几天，被你丢了垃圾

没有怪过你，我现在也是那时那种臭脾气

越美好的，越要远离

两本日记，三三两两的心情

一撕为快，别再惦记

苑①笔，仍然在延续

就像那年，每个月用排名选座位时

座椅上的苑字，是我标记的自己

我很想念你，不言而喻

我记得你在日记里，也是这样的专一

珍重那时的一切

撇捺里，深夜里

擦拭自己的那年十七

---

① 苑：作者笔名。

深刻

偶尔还会梦回微时
只是早已变得愚钝
也没了从前那般窃喜
曾经想回去，永远留在那里
每天都重复，翻腾了一万遍的，我的热血

我用童话里都没能出现过的晚霞
兑换了日复一日的饱餐
我在许多地方留下了足迹
旁人总说我阴冷
哪知在那么多个疾风刺骨的凌晨
我用我的心取暖

晚风

我总说热爱晚风
其实我的记忆里，没有风
想念你是我的秘密
你的奇香，你的胡碴，你的嗓音似山泉
你是我不得不用一生去拥护的神
我是你再也没想起过的一缕魂

你

睁眼闭眼都是你的样子
你的音容笑貌
你是一种淡淡的味道

未可知遗忘与想起
我脑海中的你的缩影，被迫与我久留
你却在时光的河里，流走了好久
我们从未厮守

梦中身是客

时至今日也想念你

深深深地，在每分每秒，深入骨髓

又梦到了你好几日

我只舍得睡一半

一半在梦中做客，一半紧拽着生活

你总是温柔，也温和

除非有那么一日，你能爱我

绝

初见那天，是重逢了
你兜兜转转三十年，回到我的身边
上辈子许好的承诺，你花了三十年兑现
你本就属于我
只是，我们迷路了好久

这年的四月草长莺飞，你温柔得像春天
我侥幸牵上了你的手
我的天真烂漫，盈盈的春光
是你用爱意渡到我身上

我爱你，在春生夏长，在海角天涯
我行走过的每一寸土地，都有我爱你的回忆
我蹦蹦跳跳扑向我的春天
春天没给我打招呼
自顾自凛冽成了冬天

人海波荡，每一浪都重击在我身上
击沉了多少夜色深沉的向往
我多想寻到一个答案
你怎会不知
我一生的蠢笨都与你有关

第二辑

远

那是属于你们的五年 [①]
从天使手中接过了刚睁眼的婴儿
乳汁甘甜
抬头便是银河滚烫
阳光像金子一样散漫开来的清晨
花儿从帘子被印到了墙上
一朵两朵，是你们最好的时光

----

① 五年：与赠诗之人五年的相处。

嗔

那时你是我的天
你的一颦一笑，都是万里晴空
世上最美最毒的花在我心上怒放
那些你皱给自己看的眉
我也要强行担责几分

错得太久了
我被你埋在冬天
后来积雪消融，我还舍不得睁眼
嗔痴亦迟迟
原来，在下雪那天
你就径直走远了

夜

这夜寂寞得滴出水了
泡烂了刺痛百年的欲望 ①
这样的夜，这样的死寂

这是第几个夜了
真正拥有过哪个夜呢
听闻幸福的人不写诗
幸福使人缄默

---

① 刺痛百年的欲望：类比《百年孤独》。

错

该怎么让你明白

拥有你时我的颤抖

我有许多表演的天赋

可你不是猎人，你是我的大树

字字句句，万万千千

字字珠玑，随风散去

并非花儿都愿在风里起舞，追寻不同的雨露

有一些花，只活一个春天

安心

每当我再次往下坠落
你曾经对我的肯定，却稳稳接住了今日的我
在人海里，长不大的孩子惊慌失措
你轻轻地出现，手掌宽厚捂住我的脆弱
饱含热泪的眼
你总是明白
我不会被世俗侵染

每每仰望无边际的天空，偶尔有一两只小鸟划过
我没说，我想，那是你在我的心上划过
我明白，你给予我的温暖
你在

交易

我知我不足以美丽
总得与岁月做点交易
一望无际，坦荡如砥
眼里终是没了你

风里总带着味道
味道擅长引人去回忆
那时任由月光灼痛你烙的伤
千遍万遍，我想回到你身边

光影错落
交织不够好、够新而已的篇章
上天垂怜么
此生不必大病第二次

寞

如果秋天给予我收获
愿意在春天蹒跚徒步
这里有许多数不清的寂寥

蛙声虫鸣似麦浪
可我来的时候，这里只有土壤
没有可供饮用的春光

光

黑夜里出生的孩子
总该贪恋光明的
我要的那一点，只够照亮自己
路过鲜花美酒，无意年轻的肉体
我追寻的光引领我去往另一个国度的远方
我自明了终将摘下它，随我一同神往

黄昏

泡在黄昏里，随晚风消遣
我的笑声传到十里开外
你让我小声一点
酒后想为你跳一支舞
记得你如此希望过

路过人间

我与时光拉扯多年
山高仍那般，水也自流长
我给去岁的花木松过土壤
它们便在春来为我嫣然绽放

我没给世界带来太多
世界也没格外偏爱我
各自清明，各自磊落

也或许
一早，我就不是刻意过来
只是刚好路过，偶遇那风吹过了我

弥留

从前知道挺拔的是山峰
如今看到的是摇曳刺透双眼
在草莽摩擦的路口
轻嗅硝烟的余味
和一点雨露的清尝 [①]

---

① 清尝:"尝"将动词化为名词,意为"清香""清甜"。

听风

你应听风

听风为你衔住一枚月亮

别回眸

就任影子在陈旧书桌上打结

你应看窗外的光阴，花枝招展

风光应该归你

我将天空的洒脱折叠

无声安放

归

一点春雨润湿眼眸
褪去疲倦尘埃
那万家灯火的温暖
是心中长亮的归宿

无尽

夜知人间，如絮聚散

在繁华涌动处喜逢新友

在心上悄无声息别故人

与夜共舞

舞一曲不问相思知何味

舞一曲红尘璃月^①情人归

舞一曲天涯海阁揽秋水

舞一曲斜风细雨不愿回

---

① 璃月：琉璃一般的月亮。

奈何

你就这样

掠过我的天空

我挽起长虹

却来不及把你留在这蔚蓝的画布

我想让白云再多点软弱

这样就能悄悄留下你的脚步

请晚风来得再晚一点

我只想多驻足一会儿

让时光可以反复重播，你的侧脸

希望

三月是不落地的发光风筝
小草芽是过了风雪的旧种子
但凡人间的春天还会一次次来
我就永远是
那个在和风里吟唱的小女孩

西湖畔

是怎样的一阵风拂到了我的脸上
我没走向它
我只是一个小姑娘，在公园的长椅上懒洋洋

这风是和春天一起到来的
我知道春天已经来了
却总觉得这年不真实
是我自甘守着沼泽，还是
什么迟了

是你让风儿润透我的骨骼
卿卿①提醒，春天尚未遗忘我
纯净，充满希望
谁舍得错过，万物蓬勃生长

春光终归是极好的
风筝悠悠来了，鸟儿齐齐歌唱

---

① 卿卿：指代人物。

女孩儿明白

这次，是你带着满怀的希冀

是你来了

闲

江南大晴

人间情思添柴，春天烧得旺盛

我替一座小院和几棵树

掸开热闹的灰烬

被倒悬的青，淋漓一身

给瘦雀，拂去白胖的云

心上钟表，稳步走针

风花好吃，茶亦好饮

交替

世界在这一刻走进了黄昏
留下余晖
天空被飞机挠出痕
归雀啄食山峦
稻禾落满幼虫
最后的一线日光
引着黑夜入场了

春风酿

浮生在渡，哀喜怒
只无非，求心可依，求物常有
行来山水流年
我持一花一剑一舟
虫鱼新寿，莺燕柳
到处是，花团锦簇，烟暖云柔
如此盛景春天
我入一诗一禅一酒

往

时光本无味
人心各自炊
新岁折旧枝
花叶各轮回

独行

此身无羽翼

彼隔云水长

原野赤焰，山火盈窗

坐看的人，未必知你零落的哀苦

偏记得

春盛时的温柔，桃枝梨花上

涧下

今夜难眠

愿你梦生好时节

春时嫣，冬飞雪

若是入了枯秋地，也有月皎洁

小醉温柔乡，红袖好解意

春波，微微漾

便是曲里唱轻寒，也被胭脂染

千万盏灯火自推开

照见马上人得意

蹄下踏平川

惑

山从云中起
暮色随风来
天上蓝，是被倒灌了海

这几日太美
不敢拿诗去配
恐欢喜零落，仅余两味

但愿这云再莫涌过千里
与寂寥的炊烟相会

青山依旧

夏日蝉音，应和此间的梅上新雪
未来的春天，赠予彼岸的玉树少年
大雨后
江河往前，青山依旧拔节

在劫难逃

今后落下怎样的泪
都比不得从前那般撕心裂肺、晶莹剔透了
爱要如何从容不迫
恨又怎能无动于衷

你叮嘱我保留，再剔除骨骼里的愚勇
可从前往后，也是你说
你说，难免反复

己

我站在哪里，走到哪里
都是完整的，鲜明的，难得的
没有哪个时刻像这个时刻
我可以是荒凉的，荒唐的，荒芜的
我想说
一无所有的山也很好看
就这样，春天且管迟些来
清风绿叶，也可缓一缓

今年春天

我时常无法分辨

眼下的时节

是春季还是秋季

暖我几日

又放任寒风呼啸我的身体

一阵好，一阵坏

残忍的人偶尔一起来，却显得欢快

门庭冷落时，一个也没在

利刃在我心上进进出出

却被磨成了圆满

戏言

一线灯光拉出海平面
是天上星眷顾了我对你的思念
齐齐倾泻，浇灌了璀璨
而你呢，远在天边的你
在我心上灼灼发光的你
越来越重，越来越小，越来越远的你

乡间

烟村余晖下，推窗捉红霞青山远黛
采一兜清风回家
握了蝉声在手，煮盏芽色淡茶，纳凉屋檐下
回想旧时月，数不尽年华
芭蕉扇，老井水，冰西瓜
我喊星光照来，外婆编苎麻
戏把蓬树作马，惊起一袖萤虫
小儿语牙牙

天真

每次见到你
暴风雨都乖巧了
屏住的呼吸失守
春泉汩汩，骄阳昂扬

春风将我心上的窗凿出洞
还要往我怀里钻
我只选取一股与你会晤
你不喜沉重

触碰你如圣洁的仪式
花朵只敢悄悄绽放
我提醒小溪不要溅到你的衣裳
只有在你身旁
我的眼里才会流出小兽的温顺与贪念
裙褶里藏匿的，是一道道的天真渴望

第
三
辑

遥远故乡

你好像住在，遥远的地方
在我寻不着的，模糊了的远方
是山峦千里，还是苍茫万丈
我寻不着了，以往的故乡
没有你的地方，我到哪儿都是流浪
怎么了，我遗失了有你的归向
流浪，流浪
我前路伸展着
莫回头
身后，哪有回家的方向

山茶吟

爱你的姿态

爱你的芬芳

爱你朵朵的向荣

爱你沉淀的优雅

最爱你的名字

山是哪座山，茶是哪捧茶

你的山是否低眉谦恭

你的茶如何嘉香蕴雅

山是山，茶是茶

笔画间舒展无尽的芳华

浅淡一眼便心水波澜

无意再现却永久挂念

迷雾早已苍茫了双眼

止不住，睫毛想要亲吻你的似水容颜

深刻那又如何呢

哪能比你在我眼前

东方姑娘

和风丽水托出你秀丽的脸庞
脖颈周围都是柔嫩的脂肪
倾斜的黑发是柔软的瀑布
唇边轻巧的一角，勾出彩虹的光芒
脸瓣的那抹红晕，是燃点我的火炬
乌黑的眸子，却藏不住深邃的忧伤

纤纤细手将纱巾随意地一搭
若隐若现的雪肌显出清嫩的模样
摇曳的姿态，宛若最最纯美的水仙花
踱过的地方，都荡漾着沁人芳香

天地浩荡，清泉泼洒赞歌飞扬
唯你明净到一怀惆怅——
清风撩起心湖的涟漪，月光朦胧了熟睡的大地
古老的诗句乘了风儿回荡在耳边，可爱的天使窃窃私语

该如何形容你，世间文字苍白无力

我要向你挥手不再贪恋旖旎

落单的背影，是我庄严的纪念品

冬日赞歌

一句问候幻化一座城堡

一朵雪花营造一座天堂

在晨雾里起舞

吮吸这洁白，是牛奶

字字句句都开出蘑菇云

问候圣洁，我由冬风寄予你

唤醒你的筋骨

前方一路惊喜

秋别

我听到
最后一片叶子，重重地跌落了

我看到
最后一只鸟儿，落单地妥协了

我触到
最后一束凉风，庄严地前进了

我想到
最后一个背影，遗世地哀伤了

青春

山因你而高峻

水淌过我的小溪

夜夜的月明，渗透苍白的睡意

祈盼怀里有你

被窝里渗出甜蜜

想你，念你

翻来覆去，忘不了你

蓝

太阳渐退场

云海亦海

苍山染了水天那一色

清爽的海风染过发丝

凉飕飕渗透了衣襟

我也变成了蓝色

揉碎了延展开来

我也是蓝色

静好

窗外飘过一朵云
是你在对我微笑
在异国他乡，在遥远的地方
从前，我写了许多诗，写给自己
往后，我要写好多诗，因为我们

定律

怎么会这样呢
孤单单地来了，孤单单地被留下了
有了好多疲倦傍身，消磨殆尽的光
我本以为与你同行啊
怎地，又留我一人了
怎地都告诉我
起念，便耗尽感情里的美德

萧萧风雨中

成也萧何，败也萧何
时光没能给我强身，它在剥我
傻愣愣的天真，一抖抖出一大筐
一筐筐地被送走
偏着脑袋在想什么呢
笑盈盈的眼睛，怎么笑不出了

安稳

孤独的时候，骨头都生生地疼

我想要什么呢

想要安稳地活

不必去抉择生与死

想要赖在你怀里哧哧笑

想要欣赏指尖的雪花

而不是怎样多赚一些钱

想要很多活力，奔跑，在路上，总是向前

就像你那样

我想要的生活，是活生生的自己

原来喜欢你

是喜欢你的自由生机

失声

心情不好才写诗
还说什么，自己喜欢诗
我若是真心爱诗
怎么只在此时才想起它
你若真心爱我
怎么只在失去时，才愿意看看我

呆滞

也许我本就是一块木头

有幸得了点灵气，也全用来雕刻了

遇到你时，我还不懂人类的心思

傻乎乎地把心掏给你

不管不顾多么血腥

你看看这是我的爱啊

你说，是吗，真是压抑至极

夜沉沉

我向往美好的一切
却忍耐了不美好的一切
我向往得到你
却失去了你
我想说我爱你
却只会敲打这些不聪明的文字
我想念你
却侧身看向了窗外的黑暗

误会

距离是什么东西呢

我还以为

我们的距离

就是我们的心挤在一起

没有距离

逝与替

太久没写诗了
我还以为是我浑浊了
今天才知道
是你把我保护得太好了
什么都有你，都有你在
我饿着肚皮，想说谢谢你
谢谢又有何用呢
上天安排的结局
千万次谢谢，也沉到底